EMILIO GAROFALO

A HORA DE PARAR DE CHORAR

APRESENTAÇÃO DA COLEÇÃO

Este é um livro de meu projeto "Um ano de histórias". Há anos tenho encorajado cristãos a lerem e a produzirem histórias de ficção. O prazer de ler e escrever ficção é algo que está em meu peito desde a infância. Falo muito sobre o assunto num artigo disponível online chamado "Ler ficção é bom para pastor".[1] Nele, conto um pouco de minha história como leitor, bem como argumento acerca da importância de cristãos consumirem boa ficção.

É claro, para que haja boa ficção, alguém tem de escrevê-la. Tenho desafiado várias

---

[1] *Disponível em: http://monergismo.com/novo/livros/ ler-ficcao-e-bom-para-pastor/*

pessoas a tentar a mão na escrita e, para minha alegria, alguns têm aceitado e produzido material de ótima qualidade. E aqui estou também, dando o texto e a cara a tapa. Este projeto é minha tentativa de contribuir com boas histórias. O desafio seria trazer ao público um ano inteirinho de histórias, lançando ao menos uma por mês ao longo do ano de 2021. No final das contas, são 14 livros. Há, é claro, muitas outras histórias ainda por desenvolver, sementes por regar.

As histórias do projeto podem ser lidas em qualquer ordem. Vale notar, entretanto, que embora não haja uma sequência necessária de leituras, elas se passam no mesmo universo literário. Não será incomum encontrar referências e mesmo personagens de um livro em outro. De qualquer forma, deixo aqui minha sugestão de leitura para você, caro leitor, que está prestes a se aventurar nesse um ano de histórias:

> Então se verão
> O peso das coisas
> Enquanto houver batalhas
> Lá onde o coração faz a curva
> A hora de parar de chorar
> Soblenatuxisto
> Voando para Leste
> Vulcão pura lava
> O que se passou na montanha
> Esfirras de outro mundo
> Aquilo que paira no ar
> Frankencity
> Sem nem se despedir e outras histórias
> Pode ser que eu morra hoje

Tentei ainda me aventurar por diversos gêneros literários. De romances de formação à literatura epistolar, passando por histórias de amor, *soft sci-fi*, fantasia e até reportagens. Ainda há muitos gêneros a serem explorados. Quem sabe em outro projeto. Se as histórias ficaram boas, só o leitor poderá dizer. De qualquer forma, agradeço imensamente pela sua disposição em lê-las.

A HORA DE PARAR CHORAR

Como é que aquilo que fazemos na terra se reflete no céu?

Uma moça cujas emoções mudam o próprio céu estrelado.

Uma vida sofrida e a difícil decisão entre seguir ou desistir.

De onde vêm os dons que temos? Como lidar com os que não queremos?

Este livro envereda-se pela ficção científica *soft*. Amo muito o gênero, o qual sempre foi muito além de meras especulações científicas, sendo um ambiente fértil para pensar acerca dos dilemas do que é um ser humano. A ideia para este livro surgiu um dia, ouvindo música no rádio. Fiquei pensando: "E se...".

1.
A DOR DE DESCOBRIR DO QUE SOMOS CAPAZES, OU *LOOK AT THE STARS, LOOK HOW THEY SHINE FOR YOU*[1]

Dezenove bilhões de mortos, sim, dezenove, e sim, bilhões, tudo porque um carinha bem ordinário enganou uma jovem adorável e a fez se sentir usada. E foi usada mesmo, mas o ponto aqui é outro. Aliás, antes do ponto. Que carinha ordinário. Sério mesmo. Dá ódio só de pensar. Muito abaixo de Luciana, mas ela tinha dificuldades em ver seu real tamanho. Sequer mencionarei o nome desse infame fedelho. Sim, fedelho.

---

1 *Claro, Coldplay. [N. E.: traduzido literalmente como "Olhe as estrelas, veja como elas brilham para você"]*

Apesar de ter idade para votar e dirigir, é um moleque.

Voltemos ao engano e seus resultados. Aliás, um alerta. Esta história envolve planos para suicídio, um tanto de tristeza e, espero, uma boa dose de assombro diante das coisas. Avisados, vamos.

Luciana, fã de Skank e basquetebol, não tinha como saber que estava sendo usada. Se desconfiasse disso, teria terminado tudo antes. Se bem que... enfim. Ela estava triste, magoada, humilhada. Naquela fase de prometer a si mesma que nunca mais deixaria o coração ser levado, o que, é claro, nunca é verdade. Se tem alguém que é facilmente levado, é o tal coração. Que coisa difícil.

Ela descobriu que o rapaz barbudinho que se dizia tão interessado nela estava apenas querendo uma aventurazinha enquanto se recuperava de ter sido deixado pela mulher que amava. Luciana foi o rebote, como se diz por aí. Ela se deixou iludir. Agora, via os sinais piscando luminosamente no retrovisor. Finalmente percebia. Muito útil perceber agora, não é? Ele foi muito dissimulado e, então, quando exposto, foi extremamente grosseiro. Fez com que ela se sentisse a escória da terra. Usada e desprezada. O peso dessas coisas era grande em seu coração.

Quando viu o rapaz agarradão com a nova namorada na choperia Aníbal's, ela chorou, e que choro épico foi. Dezenove anos e chorando como quando tinha cinco e precisava ir ao dentista. Choro de lágrimas, soluços e meleca. Choro lavado com vinho branco, músicas tristes e um senso de inutilidade. E nesse instante, na primeira lágrima, a 35,7 anos-luz de seu apartamento na Rua Zacarias de Góis, no Campo Belo, São Paulo, uma estrela se apagou. Sim, por causa de seu choro, sim, que nem na canção de Gilberto Gil. Sim, "Há de apagar, uma estrela no céu cada vez que ocê chorar". E, ao se apagar todo um sistema planetário ao seu redor, entrou em retumbante e imediato colapso. Uma civilização inteira, os já mencionados cerca de dezenove bilhões de seres sencientes em estágio de desenvolvimento tecnológico similar ao de nossa revolução industrial, se perdeu. Foi horrível, súbito, impossível de ser impedido. A ausência repentina do centro de gravidade do sistema, bem como a ausência de luz, levaram a uma onda de destruição que fez aquela promissora e bastante simpática civilização dar adeus ao universo físico sem sequer ter manifestado sua existência a outros povos. Vale dizer aqui, para que não seja de todo esquecido, que essa raça alienígena se portava de forma bem estranha em eclipses; como o planeta deles tinha 8 luas, já viu. Aliás, essa estimativa de 19 bilhões é bem dúbia. Os seres daquele planeta viviam numa simbiose tal, que, por vezes, o que nós, humanos, chamaríamos de *uma* forma de vida poderia na verdade ser contado como quatro ou cinco. De qualquer forma, foi muita vida perdida.

Essa foi a primeira vez em que isso aconteceu (de um choro apagar uma estrela). Infelizmente, não foi nem perto de ser a última. Nos anos seguintes, foram muitas as vezes em que Luciana chorou. Por pessoas maltratando-a, por ofensas que ela causou,[2] por filmes tristes, por um anime que nem era tão triste assim, pelo falecimento de parentes, por eventos infelizes que presenciou na linha lilás do metrô envolvendo um senhorzinho e sua neta

---

2 *Uma vez ela ofendeu sua tia Rosemary quanto ao cabelo dela. Rosemary fora sempre amável para com a sobrinha, mas um comentário indelicado de Luciana após um churrasco em São Bernardo, na casa de Rose, causou um atrito familiar que nunca mais foi reparado. Foi o orgulho das duas que impediu que a situação se desarmasse.*

ingrata, por vídeos de animais de espécies diferentes brincando entre si e por vídeos bonitos de propostas de casamento.

E assim andava a situação. Ela chorava; estrelas se apagavam. Claro, poderia alguém pensar, como existem bilhões e bilhões de estrelas universo afora, não é nada assim tão dramático. E quem pensasse dessa forma estaria errado. Cada estrela importa.

A maior parte dessas estrelas extintas não vivificava nenhuma civilização, é verdade. Mas ao menos sete grupos sencientes mais avançados do que os terráqueos, dois em desenvolvimento equivalente e uns vinte menos desenvolvidos tiveram sua existência apagada pelo cataclisma lacrimal de Luciana Chedid, brasileira, palmeirense, fã de danças de salão,[3] estudante de economia

---

3 *O estilo do qual Luciana secretamente mais gostava era samba de gafieira. Aquele em que ela se saía melhor,*

sonhando em ser *day trader*. Muitas vidas ceifadas. O fato é que nosso setor da Via Láctea perdeu muito naquele tempo, inclusive uma civilização que não fazia diferenciação entre o que nós chamamos de mágica, ciência, aeromodelismo e arte. Era uma coisa linda de se ver.

A propósito, veja que triste o que se passou numa civilização a 102 anos-luz do Sol. Um cientista-poeta translúcido havia nascido após trinta gerações naquele planeta que os de lá chamavam de Yooo-nai (algo como água que causa saudade, em português brasileiro).[4] Nessa

---

na opinião da professora, era o zouk, e o que um rapaz apaixonado por ela (Marcelinho) mais curtia era o bolero – quando ela dançava bolero. O rapaz faltava enlouquecer.

4 *De todas as línguas e dialetos humanos, o húngaro é a melhor equipada para traduzir os conceitos envolvidos na linguagem original. O basco e o finlandês se*

espécie policromática, a rede neural era profundamente afetada pela forma como a pele refletia e absorvia o espectro luminoso. Quando nascia um ser translúcido, era em geral um momento muito celebrado, por causa de sua capacidade cognitiva bem superior à de todos os outros do planeta. Na última vez em que um cientista-poeta translúcido emanara, seu conhecimento levou aquela raça a dominar a teoria e a tecnologia para fusão nuclear a frio no breve período de cinco revoluções em torno de sua estrela. Havia grande expectativa de que esse novo ser levaria a algo ainda mais avançado, quem sabe até mesmo levando a tecnologias que viabilizariam

---

aproximam. Mas, de qualquer maneira, não tem como a linguagem humana traduzir qualitativamente o tipo de intensidade envolvida na tonalidade emocional da comunicação daquela espécie. É, male-male, como tentar imaginar uma cor que não existe.

a tão sonhada conquista do espaço. Mas, na mesma hora do nascimento desse ser, aconteceu que, no planeta Terra, mais especificamente em São Paulo, um chefe de seção na empresa de Luciana referiu-se a ela como "lixo malnascido e dentuça", por conta de um rumor totalmente falso sobre o envolvimento dela num episódio de espionagem corporativa. Temendo pelo seu emprego e indignada com a injustiça da situação, Luciana chorou. De leve, escondida na garagem da empresa, mas chorou. E aquela estrela se apagou. Talvez, se ela não tivesse, na mesma manhã, raspado o para-choque do Fiat ao sair da garagem, as coisas não tivessem pesado tanto.

É importante entender que outro fenômeno astronômico-afetivo se dava com Luciana Chedid, noveleira e escritora (premiada) de *fan-fiction* de *Crepúsculo*. O fenômeno oposto. Todas as vezes em que

Luciana sorria, uma estrela no céu surgia. Sim, que nem na já mencionada canção do Gil. Ela sorria, e em algum lugar uma estrela aparecia. Não somente na Via Láctea, mas acontecia de aparecer em todo lugar do cosmos. Em algumas ocasiões, isso causava problemas pela interação gravitacional com os astros já existentes na localidade. Mas, em geral, ficava tudo bem, e o cosmos ficava um tiquinho mais brilhante. Agora, pense comigo nas complicações do funcionamento desse fenômeno.

Nunca chegamos, nós, a humanidade, a uma clara explicação sobre como isso era possível ou sobre como esse poder funcionava. Entenda, não estamos falando meramente da dificuldade de compreender a correlação entre uma moça brasileira aparentemente comum chorar e uma estrela se escafeder. Mas a questão do espaço-tempo é bem espinhosa. Vamos descascar e roer esse pequi científico e metafísico, mas já aviso que ficaremos com as gengivas sangrando. Coragem.

Pois bem, pense comigo. Considere uma estrela que esteja a vinte anos-luz de distância. Isso significa que a luz leva vinte anos para chegar de lá até aqui. Ou seja, ao olharmos para essa estrela, estamos vendo um retrato seu de vinte anos atrás. E claro, muitas estrelas estão bem mais longe. E então, como é que pode, ela chorar e a estrela simultaneamente se apagar? Não somente a estrela se apagar, mas nós vermos a estrela se apagar. Deveria levar muitos anos para a gente conseguir ver o sumiço.

E mais. Se a estrela criada por um sorriso aparece bem longe, teoricamente a luz deveria levar milhares de anos para chegar até aqui. Ou seja, na prática poderia até surgir a estrela, mas a gente não a veria ainda. E assim o mistério se aprofunda, pois bastava surgir a luminosa lá longe e já surgia com a luz havendo percorrido a distância todinha até aqui. Junta tudo isso. Como a informação de que Luciana sorria aqui na Terra causava o aparecimento de uma estrela a tamanha distância que a própria luz levaria centenas de milhares de quilômetros para percorrer? Tem algum atalho? Ou tem alguém que leva a informação mais rápido do que a luz? Só se fosse alguém pelos bastidores, não sei, como num teatro. Tem o palco e tem atalhos de bastidores por onde atores e cenário chegam e saem de forma inesperada.

É como se o poder de Luciana fosse capaz de não somente fazer algo aparecer muito longe, mas ser posto no espaço de tal forma que desse a impressão de algo que levou muito tempo para ocorrer, mas que na verdade surgiu imediatamente. O que aconteceu? Um efeito retroativo no tempo? Ou, como a escola de Vancouver teorizava, a estrela se acendeu na verdade vinte anos antes e, de alguma forma maravilhosa demais para caber na nossa cabecinha humana, isso acidentalmente[5] aconteceu de tal forma que o tempo para a luz viajar até a Terra foi o tempo exato para calhar de ela sorrir? Será que Deus fez assim? Fez a estrela acender já sabendo quando Luciana iria sorrir e calculou tudo para dar certinho? E com o choro? Será que de alguma forma o choro interrompia ao mesmo momento a existência da estrela e todo traço de sua existência espalhado pelo espaço-tempo? Seria uma queima de arquivo completa! Apagar a estrela lá longe e sua luz espalhada pelo cosmos. Como é dolorido entendermos do que somos capazes. E como é dolorido nos vermos pequenos para entender as coisas. Baita mistério isso aí. Percebe? E talvez o fato mais humilhante seja: a gente nem sequer é capaz de

---

5 *Ou planejadamente!*

entender. Nossa rede não consegue pegar esse peixe.

Enfim, não sabemos. Nem eu que estou contando a história sei. Não sou onisciente, embora seja o narrador. Só sei que bastava aquela moça chorar e lá se ia uma estrela. Ela sorria, e surgia outra. Aliás, eu estava para lhes contar sobre a primeira vez em que ela sorriu e uma estrela surgiu quando me interrompi com explicações científicas e metafísicas que, temo, só tenham agravado nossa pequenez.

Diferentemente do apagar de estrelas, o acender começou ainda na infância de Luciana. Foi no primeiro dia em que ela tocou o focinho gelado de um cachorro (cruza de Dachshund e Pinscher — o invocadíssimo e semianalfabeto Tubérculo, cachorro de sua prima Maria Bárbara). O arrepio e deleite daquele toque fizeram com que a barriguinha da pequena Luciana se remexesse, levando a um sorrisinho gostoso que fez todo mundo ao redor suspirar. E uma estrela de pequena magnitude surgiu a mais de 400 mil anos-luz daquele canino de focinho longo.

O mais complexo era quando Luciana chorava de alegria. Nessas ocasiões uma estrela se apagava e outra surgia no mesmo lugar. Entenda, não é que a mesma estrela piscava e voltava como se fosse um mero mal contato no soquete. A estrela se apagava e outra surgia no lugar. Imediatamente. A pequeníssima ausência temporal da estrela, porém, era por vezes suficiente para causar problemas nos planetas que a orbitavam. Sem contar que frequentemente a estrela era substituída por uma de tamanho muito diferente. Uma pequena estrela trocada por uma anã branca. Uma estrela de nêutrons por uma supernova. Baita confusão. Imagine, por exemplo, se o nosso Sol em um instante fosse substituído pela gigante vermelha VY Canis Majoris? Sua massa é 17 vezes maior que a do Sol, e seu tamanho é mais de mil vezes maior. Se ela estivesse no lugar do Sol, estenderia-se até entre a órbita de Júpiter e Saturno. Ou seja, já era para nós.

Foi assim em uma tarde em Barra do Una, litoral norte paulista e uma delícia de lugar,[6] quando Luciana estava com um grupo de amigos, muito sol, picolé de limão e aquele senso gostoso de conviver com gente que te quer bem. Ela derramou uma lágrima ao entrar na água e experimentar a pele esticando com o frio, ao mesmo tempo que o topo da cabeça estava bem quente e o cheiro do filtro solar marcava o início de merecidas férias. Sorriu, derramando uma lágrima ou duas que se juntaram ao mar, o choro do planeta. Nesse instante, Betelgeuse, estrela a 548 anos-luz, uma das mais brilhantes do nosso céu, foi substituída por uma muito menor, o que gerou um efeito cascata em todo aquele setor da Via Láctea. O fenômeno foi registrado internacionalmente e de forma ampla por astrônomos; seu horário, marcado com precisão:

---

6 *Aproveite enquanto o resto do país não descobre essa maravilha!*

11h07 no horário de Brasília. O Hubble tirou cada foto! Ao ver aquela informação no noticiário noturno, Luciana achou curioso. Ela tinha, bem naquele momento do choro com riso, tirado uma foto com seu smartphone para fazer uma publicação em rede social; a hora estava marcada na postagem. E a hora chamou sua atenção, pois seu aniversário era em 11 de julho. "Que coisa! Bem quando eu faço minha foto aqui na Terra, fatos estranhos se passam nos céus." Aquilo ficou alojado no coração.

Foi apenas alguns anos depois que ela suspeitou do impossível. E foi numa crise de choro esbaforido por causa da morte de sua cachorrinha, uma buldogue muito amável. Tintura se apoiou numa cadeira e subiu na murada da varanda do terceiro andar onde Luciana morava. Ao ver sua dona chegando pelo térreo, subiu no parapeito, em excitação, latindo. Luciana viu aquilo e tentou correr para seu apartamento, a fim de evitar a tragédia. A cachorrinha, infelizmente, perdeu o passo e caiu. Luciana já tinha entrado no elevador; ao invadir desesperada o apartamento, deparou-se com o silêncio abafado. Chegou até a varanda e tomou coragem para olhar. Viu o porteiro recolhendo o pequeno corpo. Era anoitecer.

Naquela noite, com a companhia de uma garrafa de vinho chileno, ela se sentou e ficou contemplando o céu. Chorou compulsivamente. E daquela varanda no Campo Belo, enquanto chorava, viu um pedação do céu se apagar diante de seus olhos. Dezenas de estrelas, aglomeradas na mesma posição, se foram. Luciana achou muito esquisito, e teve uma compreensão gutural sobre aquilo. De alguma maneira, percebeu que o estranho fenômeno tinha a ver com seu choro. Lembrou da foto na praia. Fez um pequeno teste. Sorriu. Nada. Pensou que talvez sorrisos forçados não funcionassem. Pegou alguns vídeos de Tintura brincando com um sorvete de pelúcia. Sorriu de verdade. Uma luz apareceu bem onde a massa negra surgira durante seu choro. Sorriu de novo, lembrando do dia em que Tintura roubou uma bacia cheia de coração de galinha que estava separadinha para um churrasco; mais uma estrela. Parou, assustada. Era absurdo demais para ser verdade, mas seu coração sabia que era. Tem coisas que a gente sabe no coração que são verdadeiras, sem saber explicar como o são. E isso não tem nada de irracional; apenas nos lembra de que nossa mente humana não é o critério final do universo sobre o que pode ou não ser.

Passou a monitorar notícias nos fóruns e sites especializados em astronomia. Pediu ajuda, em sua investigação, para um vizinho, Cajuca Badaró, estudante de astronomia na Universidade de São Paulo (IAG - Instituto de Astrofísica, Geofísica e Ciências Atmosféricas). Ela era meio apaixonadinha pelo Cajuca. Está bem, sejamos sinceros. Ela era perdidamente apaixonada por aquele rapaz do sexto andar. Toda manhã, Luciana e Cajuca se cruzavam no hall do edifício onde moravam, e uma vez ela teve coragem de chamá-lo para um sorvete de flocos.[7] Foram, e foi bom. Nasceu uma amizade fácil e leve, que ela queria que fosse romance, mas ele não. Ela suspeitava de que era por causa do peso, contra o qual sempre lutava. Luciana se achava feia. Cajuca a achava linda. Não tinha nada a ver com isso do peso. Às vezes a gente erra nas certezas guturais que tem. Erra, sim, senhor. Mas por que Cajuca não se interessava? Porque ele gostava de uma colega de

---

7 *Sim, ela especificamente o convidou para um sorvete de flocos. Ele riu e sequer perguntou se podia ser outro sabor. Chegando lá, ele pediu flocos, e ela, sem nenhum pudor, pediu chocolate belga. Ele não entendeu, mas gostou.*

sala na USP (que o mantinha cruelmente na *friendzone*, como dizem os jovens).[8] Simples assim. Nenhum problema quanto à Luciana

---

8 *Esse termo descreve algo muito doloroso. Quem já viveu algo assim sabe que a dor de ouvir um "te vejo somente como amigo" é das nove piores dores que a humanidade conhece. Deixo convosco outras quatro da lista, pois o espaço não permite listar todas. 1) Pisar descalço em uma peça de Lego ao ir tomar água na cozinha à noite. 2) Hiybbprqag – que, segundo o Dicionário de sofrimentos obscuros, é "o sentimento de que tudo de original já foi feito, de que o experimento da cultura humana há muito ocupou sua placa de Petri e agora só se alimenta de si mesma, numa fertilização cruzada sem fim de velhos clichês, resultando em uma gosma de tristeza". 3) Dor de nervo exposto com broca de dentista descuidado. 4) Dor da picada da Synoeca septentrionalis (nível 4 na escala Schmidt, escala criada por Justin Schmidt para quantificar a dor de diferentes tipos de picada de insetos. Essa dor, em especial, é pitorescamente descrita como "tortura; estar acorrentado enquanto a lava de um vulcão corre pelo seu corpo").*

Chedid, sua querida amiga Luche.[9] Ele amava a Daniela Martorelli, só isso. Ao mesmo tempo que não tinha amor romântico, tinha por Luciana um amor de amigo que era para ela mais valioso do que qualquer namorado meia-boca. Assim, quando Cajuca largou o curso de astronomia e foi para Portugal, a amizade continuou. E ela acompanhou seus passos pelo mundo via redes sociais, mantendo contato ao menos uma vez por mês. Cajuca viveu cada coisa... Calma, voltaremos a ele.

Cada vez mais surgiam relatos de registros de desaparecimentos e surgimentos súbitos de estrelas. Os astrônomos estavam perplexos. A grande mídia já começava a reportar a história, ainda sem muito afinco. Todo o arcabouço teórico, todo o conhecimento acumulado por

---

9 *Ele chamava Luciana Chedid de Luche, e ela adorava isso.*

séculos parecia estar sendo jogado fora com mudanças súbitas e inexplicáveis na geografia das estrelas. Luciana fez alguns testes e correlacionou os horários precisos de seus sorrisos e choros a eventos astronômicos cataclísmicos registrados pelo mundo afora. Cajuca a ajudou nessa pesquisa e tentava fazer aquilo caber na mente, mas não adiantava. Ele não estava convencido; tentava calcular as possibilidades estatísticas daquilo. Imaginou se tratar de um caso severo de viés de confirmação, aquelas situações em que apenas notamos e damos relevância aos dados que confirmam aquilo de que suspeitamos. Ele ficou enroscado em tentar achar evidência clara e incontestável, metido em cálculos e planilhas por semanas, alimentado com milk-shakes de chocolate do McDonald's.[10]

10 *Foi naquele ano em que houve uma edição especial com bolinhas de chocolate da Kopenhagen. Além disso,*

Convencida de que era isso mesmo que se passava, a situação a levou a refletir profundamente sobre os pesos que a vida, ou Deus, ou seja quem for coloca sobre nós. Começou a tentar evitar emoções fortes. Quem era ela para bagunçar a vida no cosmos por causa de suas emoções? Que direito ela tinha de determinar vida e morte alheia? Não sabia o que fazer. Para piorar, o único que sabia de sua teoria, seu amado esteio Cajuca, se fora. Ela se sentia muito sozinha. Essas coisas tinham peso; tinham sim.

---

sendo ano de Copa do Mundo, os sanduíches especiais em homenagem a certos países estavam de volta ao cardápio. Que festa!

2.
AS CONSEQUÊNCIAS, OU A "AUSÊNCIA DE SOM QUE EMANA DAS ESTRELAS" [11]

Quatro anos depois de sua descoberta luminosa, Luciana tinha decidido terminar o relacionamento com a vida. Estava realmente decidida. A ideia em si não era nova, não. Era um pensamento que vinha se formando nos últimos meses. Na verdade, foi algo que chegou a cogitar desde o início de sua descoberta. Como um rádio sintonizado em som ambiente: por vezes, notado; por vezes, não. Ao mesmo tempo que lhe parecia uma saída,

[11] *Essa frase vem de uma linda canção de Oswaldo Montenegro chamada "Estrelas". Vá procurar!*

parte dela desejava ser convencida a não seguir esse precipício tão convidativo. Era como a sensação que tomava seu coração quando perto de uma varanda em andar elevado, ou como se sentiu na vez em que visitou o Corcovado. Um convite. A cada vez que sentia isso, flertava um pouquinho mais com o impulso. A impressão era de que resolveria muita coisa. Ela estava cansada. Da vigilância externa. Das recriminações internas. Da sua imaginação tentando pensar em detalhes e consequências. Da crueldade nas redes sociais. Montagens de seu rosto em corpos de ditadores, *hate mail* incentivando-a a se matar. Piadas sexualizadas, piadas com sua família, ameaças e tudo o mais. Entrou em contato com o antigo amor não correspondido. Sim, como você imagina, Cajuca Badaró. Aquele homem que passou por sua vida e que por força do momento não se tornou para ela tudo o que podiam ter sido um para o outro.

Cajuca Badaró sabia, é claro, da situação dela. O planeta todo sabia e acompanhava em alguma medida. Os últimos anos haviam sido frenéticos para Luche. A história de como seu dom, poder, maldição ou seja o que for que quisermos chamar, chegou ao público é um tanto tediosa e realmente não é nosso foco aqui. Um breve resumo: quando Cajuca se foi, ela pediu para que algum contato da USP pudesse ajudar caso ela quisesse continuar investigando o assunto. Cajuca achou melhor deixar aquilo tudo apenas entre eles, mas ela quis saber mais. Um professor, o que Cajuca considerava o mais mente aberta dos cientistas de lá, tomou conhecimento do caso e fez suas próprias investigações. Dele, o assunto foi para o Instituto Nacional de Pesquisas Espaciais (Inpe) e logo para as autoridades federais. Alguém vazou, é claro, para a grande mídia a história improvável da garota que apagava estrelas. O fato é que, em cerca de um ano, Luche se tornou infame em quase todo o globo.

Haviam sido muitas as reportagens, estudos e inquéritos levantados por governos do mundo todo, por órgãos científicos, pela Organização Mundial de Saúde (OMS), pela Organização das Nações Unidas (ONU), pelas mais variadas agências jornalísticas e por organizações místicas também. Teólogos, jogadores de futebol e políticos foram convidados a comparecer a programas televisionados para dar suas opiniões sobre se, de fato, Luciana Chedid, brasileira e apaixonada por programas de viagem, era alguém cujas reações emocionais causavam fenômenos astronômicos cataclísmicos.

Havia, inevitavelmente, um grande grupo de negacionistas acerca do poder emocional de Luciana. Muita gente, de extremistas religiosos a cientistas ferrenhamente ateus, dizia ser apenas algum tipo de golpe ou invenção para distrair a população quanto às questões que realmente importavam. Os esquerdistas diziam ser uma estratégia de medo e domínio da direita, e a direita dizia a mesma coisa da esquerda. Muitas teorias da conspiração proliferaram acerca de Luciana. Além disso, como sempre acontece, teorias já há muito vigentes no imaginário popular foram adaptadas para incluir a estranha novidade. A única que divertia a própria Luciana Chedid envolvia Atlântida, a final da Copa do Mundo de 1998, a celeuma sobre a campanha de reeleição de Donald Trump e ainda por cima o açude velho de Campina Grande, PB.

Alguns professores da Universidade de Bologna especularam se a canção de Gil poderia ter de alguma forma rompido a barreira da existência artística para a existência na nossa realidade.[12] Claro, estamos falando dessas coisas que não tem como provar. Criou-se, entretanto, naquela universidade, um subdepartamento composto por estudiosos de semiótica, estética e física, a fim de tentar achar uma explicação para aquilo tudo e avaliar os efeitos de Luciana no imaginário popular. A mera especulação da possibilidade de aplicações militares levou ao menos cinco governos a financiarem projetos de pesquisa investigando a possibilidade de achar um modo de outras obras de arte serem potencialmente utilizadas como forma de proteção e destruição. Nenhum avanço concreto foi feito. Imagine, por exemplo, poder extrair armamentos de obras de ficção científica

---

12 *Alguns teorizam que as nossas criações artísticas criam universos paralelos nos quais elas são a realidade primordial.*

para utilizar em guerras? Ou criaturas do mundo da fantasia? Quem sabe um zoológico composto de quimeras, dragões, grifos ou shoggoths?[13] Um pesquisador em Innsbruck afirmou ser capaz de extrair do quadro *Noite estrelada*, de Van Gogh, impressões visuais que causariam visões de deleite em seres humanos. Ele garante que conseguiu, em certa ocasião, que voluntários passassem a enxergar os céus como se via na pintura, e que o efeito teria durado ao menos seis horas. Era como se fosse uma espécie de filtro colocado na própria mente.

Não foram poucos os resultados desconfortáveis. Para começar, nenhum país do mundo abriria as fronteiras para Luciana. Logo ela, que sempre sonhara viajar. Sem,

---

13 *Seria algo muito mais interessante e exponencialmente mais perigoso do que o famigerado Parque dos dinossauros.*

entretanto, uma compreensão clara a respeito do que essa moça era capaz, todos os países do mundo preferiam mantê-la longe.[14]

Ela sofreu alguns maus-tratos bem pesados. Certa vez, em São Paulo mesmo, um grupo de garotos de ensino médio a reconheceu no metrô e a ameaçou. Ela saiu assustada do trem e andou da estação até sua casa. Em outra ocasião, de férias com sua mãe e seu padrasto em Fortaleza, provando uma saia no Mercado Central, um homem alcoolizado a chamou de "bruxa" e atirou um pedaço de tijolo em sua direção. Apesar da embriaguez, o arremesso foi certeiro e abriu um rasgo no couro cabeludo dela,

---

14 *Com exceção da Bolívia e da Argélia. No caso da Bolívia, tudo indica ter sido apenas algo que se perdeu na confusão da fenomenal burocracia local. Ninguém jamais entendeu por que a Argélia manteve as fronteiras abertas para Luciana Chedid, e ela nunca se aventurou a ir conhecer Algiers. Uma pena. Teria gostado.*

lado direito, marcando até a ponta da sobrancelha. Muito sangue derramado numa bela rede que a família estava para comprar. Foram 12 pontos dados por uma médica residente muito amável e compreensiva no Hospital São Camilo. Seus banhos de mar na Praia do Futuro precisaram ser mais cuidadosos naqueles dias. Chorou um pouco de ódio pela sua situação e pela incompreensão. Claro, uma estrela se apagou. Não foi a última agressão. Em Gramado, foi impedida, por um gerente extremamente grosseiro, de comer num restaurante de fondue.

Luche com frequência mudava seu cabelo e estilo de roupa, tentando sumir na multidão. Seu rosto superexposto na mídia, entretanto, fazia com que fosse bem reconhecível. Menciono apenas mais uma de diversas ocasiões de maus-tratos, dessa vez em Recife. Um dia, ia andando sozinha pela orla da Praia do Pina, vendo os avisos acerca dos perigos de ataque de tubarão, quando sentiu uma pancada nas costas – foi de perder o fôlego. Caiu de quatro e ouviu um grupo de adolescentes falando para ela entrar no mar, que os tubarões fariam um favor ao mundo pondo um fim na sua vida miserável, visse? O coco rolando ao seu lado havia sido a arma do ataque. A dor se misturou com o aroma da água de coco que lambuzava seu cabelo.

Chega de falar dessas ocasiões de maus-tratos. Afinal, esta não é a história de seu sofrimento, mas de como ela quis pôr um fim nele por meio de suas próprias mãos.

Havia, internacionalmente, grande controvérsia sobre o que fazer com Luciana e seus dons. E como acontece com essas grandes questões, todo mundo tinha sua opinião e todo mundo sabia com toda a certeza o que devia ser feito com Luciana Chedid, fã descontrolada de *Dawson's Creek* e louca por Cebolitos.

Seria Luciana uma ameaça à segurança nacional? Global? Não poderia ser o nosso Sol a se apagar quando ela assistisse a um episódio triste de *This is us* ou *Grey's anatomy*? Foram muitos os projetos de eliminação elaborados por governos de todo o mundo; questões morais à parte, sempre se esbarrava em um problema prático: se meros estados emocionais de Luciana causavam isso, o que a morte dela poderia provocar? Será que o Armagedon começará com um atropelamento em frente ao Ibirapuera? Estudos foram feitos acerca da possibilidade de ela ser mantida em coma induzido. Outros temores sobre o que isso poderia causar venceram. Ela podia circular livremente, embora estivesse em trâmite a tentativa judicial de prendê-la e mantê-la levemente sedada. Ela chegou a ser detida um ano antes, mas uma magnífica ação jurídica coordenada por uma ONG combinada com uma condenação generalizada do ato nas redes sociais e uma cobertura midiática da situação garantiram a sua liberdade, ao menos temporiamente. Tudo era muito precário e delicado. No final das contas, ela vivia livre em sua cidade, mas era constantemente monitorada. A Polícia Federal a vigiava; havia um acordo do governo brasileiro para apresentar um relatório mensal sobre Luciana ao Conselho de Segurança da ONU.

Foi nesse estado emocional de profunda melancolia e verdadeira disposição para largar tudo que ela tentou o contato com o velho amigo. Este, na época, vivia na Inglaterra, após vários caminhos improváveis. Precisamos conversar sobre o Cajuca.

3.
UM BREVE RELATO
DE ALGUMAS PERIPÉCIAS
DE CAJUCA BADARÓ

Vale o desvio. Deixemos Luciana um tiquinho de lado. Ela vai ficar bem por enquanto, prometo. O relato completo daria uma história. "As peripécias completas de Cajuca Badaró pela pequena bola azul." Ou algo assim. Temo, entretanto, que ficaria parecendo literatura fantástica, mas foram todos fatos. Vai então um pequeno resumo em cerca de mil palavras.

Cajuca é o tipo de homem que fez de tudo um pouco: viveu coisas extraordinárias e nem se dá conta de que não é assim com todo mundo. Tem trinta e poucos anos, mas parece ter vivido muitas dezenas de tanto que passou. Filho de um paraibano brabo e cheio de cicatrizes que fugiu para São Paulo sem dar muita pista do passado, Cajuca cresceu ajudando a criar duas irmãs gêmeas bem mais novas. Nutria por elas um amor sacrificial. Irmãozão protetor mesmo. De levar na escola, de ensinar matemática, de mostrar como sacar por cima no vôlei e como usar o cotovelo para acabar com a festa de garotos abusados na escola.

Seu apelido é uma mistura que se deve ao fato de ele se chamar João Carlos e de amar muito caju. Amar muito mesmo. De amar suco, de adorar comer caju, mesmo com a boca ficando amarrada, de conhecer as principais marcas de Cajuína e ser versado em toda a briga piauiense e cearense acerca de qual a melhor e legítima cajuína. É criador de ao menos um drinque que ficou famoso nos barzinhos de Moema e Vila Uberabinha (levava cajuína e vermute).

Cajuca. Adolescente, foi mandado pelo pai para morar com a avó no interior da Paraíba, onde ficou dois anos aprendendo a vida no agreste e sendo responsável pelo bem-estar daquela senhorinha amável e sofrida.

Foi criador de bode, tornou-se o melhor tapioqueiro da cidade,[15] foi aprendiz numa

---

15 *A história disso vale um aparte do aparte. Até a chegada de Cajuca, uma jovem chamada Helena era a melhor tapioqueira de Alcantil. E ela tirava um enorme senso de valor desse posto. Um orgulho gostoso e que, admitamos, beirava a idolatria. Mas, olha, Helena adorava servir uma tapioca e ver no olho do cliente aquele momento em que o sabor chega no coração e o sorriso gostoso se forma até na face do paraibano mais mal-encarado. Quando Cajuca a superou na arte e no ofício de preparar uma tapioquinha, houve certo rebuliço na cidade, e a secretaria de cultura local promoveu um concurso, com jurados e tudo o mais. Na final ficaram, conforme esperado, Helena e Cajuca. E agora revelo ao mundo um pequeno segredo. Cajuca errou a mão de propósito no coco ralado naquela última tapioca. Ele perce-*

marcenaria, deu aula de reforço em matemática para a criançada da cidade, ajudou num projeto da prefeitura para garantir a imunização completa de todas as crianças. Voltando a São Paulo, entrou na USP, com alvos elevados de se tornar astrônomo e focar na pesquisa de exoplanetas.[16] Depois de largar o curso de astronomia, foi para Coimbra. Queria estudar na biblioteca da famosa universidade um assunto que nunca contou para ninguém. Em seis meses, cansou disso e circulou um pouco pela Alemanha, até que, em Hamburgo, conseguiu emprego num cargueiro de 40 mil toneladas chamado Fengning, com bandeira de Singapura.

beu o quanto aquilo era importante para Helena e deixou-a vencer. Um pequeno ato de altruísmo que passou despercebido de todos, menos deste narrador.

16 _Cajuca tinha uma amiga de São José dos Campos que certa vez lhe confidenciou ter tido algo como um contato imediato de segundo grau. Sério, ela disse._

Tudo ia bem até que foram abordados perto de Suez por piratas somalianos; dois tripulantes morreram no confronto. A situação tensa durou nove horas, até que um acordo foi alcançado. Cajuca decidiu, para completa surpresa das duas tripulações, juntar-se aos piratas, e conseguiu. Passou quatro meses em Bosaso, vivendo com os piratas e seus familiares, ensinando futebol e aprendendo somali (não passou do básico). Cajuca, cristão convicto, insistiu em evangelizar aqueles piratas. Não conseguiu muitos convertidos, não; diversos zombavam, mas alguns se interessavam, e um deles se tornou pastor em Mogadishu.

Cajuca acabou saindo da Somália junto a uma missão médica de irlandeses que passou por lá. Em Cork, sumiu por três semanas. Foi fazer um tour pela região do Galweys Dundanion Castle e desapareceu. Reapareceu todo molhado e anêmico numa noite relativamente quente em Southampton, na Inglaterra. Estava machucado e afirmando não se lembrar de nada do que ocorrera. Atenção, o que se passou desde o desaparecimento em Cork pode parecer fantasioso demais para alguns de vocês, leitores. Como não quero que desistam do relato – afinal, a história é da Luciana, e não do Cajuca –, vou apenas indicar a parte mais facilmente aceitável a qualquer pessoa: o desaparecimento dele em Cork envolve um vampiro. Sim. Você leu o que leu. Mas não exatamente. Não dá para detalhar hoje, sinto muito.

Seguindo com o breve relato.

Depois disso aí do sumiço, Cajuca morou na costa sul da Inglaterra por cerca de um ano. Alojou-se ali em Brighton, onde foi guia turístico, levando pessoas a passeios de barco pelo Canal da Mancha até praias famosas da Segunda Guerra Mundial, como

Dunquerque e Omaha.[17] Foi num dia voltando de lá que ele recebeu a mensagem de Luciana, dizendo que precisava conversar e

---

[17] *Inclusive, ele decorou muitas falas de Dunkirk, de Chris Nolan, e as declamava durante o passeio, para deleite dos turistas. "Survival's not fair!", "Spitfires, George. Greatest plane ever built", "You can practically see it from here..." etc. O sotaque do Cadjoocha, como o chamavam, era muito bom mesmo. Cajuca era como um aviador britânico em seu Spitfire, patrulhando os céus e atento para ver se os seus precisavam que ele entrasse em ação.*

que era uma questão literalmente de vida ou morte. Eles haviam combinado um código, certa tarde, após um passeio no Parque da Aclimação, conversando sobre o suicídio de um amigo em comum. Combinaram que, se um dia um dos dois estivesse pensando em colocar um fim em tudo, um permitiria ao outro a tentativa da dissuasão.

Olha, não é uma má ideia ter um acordo desses com alguém, viu? O código seria muito simples. Uma mensagem sem muitas explicações, falando de algo bem quente e meio fora de contexto. Poucos meses depois, Cajuca tinha enviado a ela uma simples men-

sagem no meio da noite, dizendo: "Vulcão a ponto de entrar em erupção". Ela ligou na mesma hora e conversaram. O seu coração havia sido impiedosamente partido por Daniela Martorelli. Conversaram por horas, e ele saiu verdadeiramente consolado. Ela se alegrou em poder consolar seu amor e seu amigo, e teve ainda mais certeza de que adoraria viver ao seu lado. Ela suspeitava de que a crise se devia a mais do que meramente um coração partido.[18] Era esse o pacto. Deixar o outro tentar impedir. Pouco depois ele largou seu curso e decidiu se mudar para Portugal. Nunca ficou claro para Luche se essa fuga se deveu à decepção amorosa ou não. Ela jurava que sim.[19]

Agora, anos após aquela conversa, e com Cajuca no Reino Unido, foi a vez dele de

18 *Ela estava certa.*
19 *Nessa, ela estava errada.*

receber uma mensagem misteriosa dizendo: "Amiga está prestes a virar Supernova". A mensagem chegou para ele em seu telefone, no caminho de volta de Dunquerque, com ele entretendo um grupo de turistas dinamarqueses e, em particular, sendo entretido por uma moça chamada Freja, que já havia o convidado para um pub em Brighton naquela noite. Seu barco (chamado *Count Comigo*)[20] chegou a Brighton, onde gentilmente dispensou Freja, pegou um trem direto para Heathrow e de lá voou para Guarulhos. Foi bem caro. Na sala de espera, fizeram uma chamada por vídeo e se falaram por uma hora. Ele não sentiu muito avanço, não. Sabia da importância de manter bem ocupada uma pessoa nessa situação. Sabia

---

20 *A história do nome desse barco é interessante. Afinal, ele é meio que em português, e não, ele não pertence a Cajuca – este apenas trabalha no barco. É interessante mesmo. Mas não hoje.*

também que era vital que não ficasse sozinha; sem muito alarde, entrou em contato com Seu Jaime e Dona Estela Maria para ficarem com sua filha amada, em quem muito se compraziam. Embarcou rumo a Lisboa e depois pegou a conexão para São Paulo. O tempo todo bem preocupado.

4.
A CONVERSA, OU "BRILHA ONDE ESTIVER, FAZ DA LÁGRIMA O SANGUE QUE NOS DEIXA DE PÉ"[21]

C hegou ao Brasil e já foi do aeroporto para a residência de Luciana. Seus familiares estavam com ela, a inflamação ainda existia, mas ele esperava poder medicar sua alma. Cajuca sabia que naquela primeira conversa dificilmente entrariam no assunto. Mas sua presença seria confortadora, ele sentia isso.

Prepararam juntos uma mousse de limão com granulado e assistiram a vários episódios de *Friends*. Ele contou muitas histórias da vida no exterior e ela ansiou por conhecer o mundo. Só de raiva, ela chorou

---

[21] *Trecho de Brilha onde estiver, do Teatro Mágico.*

e sorriu muito. Sabia que estava causando cataclismos, mas não se importava mais. Ao mesmo tempo que sentia o peso da responsabilidade, sentia ira por ter esse peso colocado sobre si. Luche dormiu melhor naquela noite. A emergência passara, mas a intenção não. No dia seguinte iriam comer fora e conversar mais a fundo.

Na hora marcada, Luciana desceu de seu apartamento e caminhou as duas quadras até uma cafeteria e doceria que almejava

ser a Tortoni paulistana, com decoração argentina e até mesmo cozinheiros trazidos de Buenos Aires, a Café Porteño. Ela foi devidamente seguida e monitorada por satélite e destacamento pessoal de agentes do governo brasileiro.

Chegou até o café, onde já era conhecida; Cajuca já estava lá para encontrá-la. Entre empanadas, tartelettes e mocaccinos, a conversa mais importante de sua vida aconteceu. Muitas vezes não nos damos conta da importância de uma conversa até meses depois dela, quando, enfim, suas sementes brotam. Outras, entretanto, são imediatamente aparentes em seu valor. O que sairia da conversa com Cajuca? Conversas anteriores,[22] na tentativa de encontrar o sentido das coisas, tinham sido um tanto infrutíferas, e Luciana via essa como a última parada antes de parar de viver. Ela já tinha obtido os meios para concretizar seus planos. Talvez naquela noite, a depender do rumo da conversa. Já bem alojados, Juca pediu para ela resumir o que sentia.

---

22 *Uma com sua mãe, outra com sua prima Alete e outra com um desconhecido on-line.*

"Está bem, um resumo. Se sou eu a causa de tanta confusão, tanto medo, não sei, tanta preocupação, é melhor que eu não seja mais. Isso é ridículo. Como posso eu ter o poder de criar e finalizar a existência de estrelas? E se tem vida lá fora? Talvez eu esteja sendo a causadora de inúmeras mortes.[23] Não é certo que tantos vivam ou morram dependendo de minhas tristezas, de meus desencantos amorosos, de eu ter uma dor de dente absurda. Se sou eu a causa de tanta morte, que direito tenho de viver?"

Um garçom os interrompeu. Ele não estava apenas pegando o pedido, mas papeando mesmo. Parecia ao Cajuca que o rapaz estava ao mesmo tempo: (1) empolgadíssimo de ver Luciana; (2) nervoso,

---

[23] *Estava mesmo. Felizmente ela nunca veio a saber disso com certeza.*

pois ela estava evidentemente muito melancólica; e (3) incomodado com a presença de Cajuca.

"Oi, Luciana! Bom ver você de novo", o garçom disse, querendo abrir o canal de comunicação para além do estritamente profissional.

"Oi. Bom estar aqui de novo. Você quer algo, Cajuca? O capuccino é muito bom." Ela não estava nem um pouco a fim de aguentar a simpatia do garçom que, de alguma forma, coincidência ou não, sempre a servia, independentemente do setor que ela escolhesse para se sentar.

"Água com gás e limão espremido."

"E para mim o capuccino", ela complementou. O garçom saiu. Cajuca sorriu para ela e lançou:

"Esse garçom está caidinho por você, Luche!"

Ela corou. "Não tem nada disso, não."

"É bem óbvio que tem! Qual o nome dele?"

"Weber, Éder, Heber, alguma coisa assim. Enfim, não tenho interesse. Não tenho interesse em nada, na verdade."

Ele lembrou que não era hora para pegar no pé da velha amiga quanto a namoro.

"Fala mais. Fala o que quiser."

Antes que ela pudesse falar, o garçom voltou com as bebidas. Todo animado por ela, mas visivelmente apreensivo quanto ao Cajuca. "Luciana, trouxe de cortesia para você um salgado novo da casa. Experimenta e me fala depois o que achou." Só para irritar o rapaz e ver sua reação, Cajuca pegou na mão de Luche. Mão fria, pequena. O garçom visivelmente estremeceu. Para fazê-lo sair de perto, Cajuca pediu o tal capuccino.

Ela brincou com o café. Colocou mais um sachê de açúcar mascavo.

"Eu queria só que parasse de doer."

"Entendo. Me ajuda a entender onde dói."

Ela se derramou:

"Dói em todo lugar. Dói me sentir e me saber vigiada. Dói loucamente imaginar que tenho em minhas meras emoções o potencial para arruinar planetas e sabe Deus o que mais. Dói todas as vezes que uma das cidades onde fui atacada aparece por qualquer bobagem no noticiário. Dói quando estou me arrumando no espelho e vejo a cicatriz aqui na sobrancelha. Eu não acho que eu deva continuar seguindo. Sequer sei por que deveria pensar em seguir viva. Tenho estudado sobre constelações, para tentar entender melhor o mal que tenho feito. Para contemplar o que tenho destruído."

Ele sabia muito bem usar sua empatia:

"Entendo. É um peso muito grande mesmo. A ideia de pôr um fim em tudo começa a parecer convidativo. Eu me lembro de como é, Luche. Lembro que tinha vezes que só pensar em acabar com o sofrimento por esse caminho já aliviava um pouco a dor. Era como lembrar que tenho um escape. E o problema é que o escape ficava cada vez mais tentador, a cada vez que eu recorria mentalmente a esse alívio. Não é querer morrer, é mais como..."

Ela interrompeu.

"Querer tanto que pare de doer, que até uma alternativa tão ruim como essa fica comparativamente atraente."

Ele concordou:

"Isso mesmo. Não é que morrer seja atrativo em si. Mas, se formos honestos, é que parece, por mais assustador que seja, menos assustador do que seguir vivo. Exatamente como o David Foster Wallace descreveu naquele livro[24] que lemos na leitura

---

[24] *Graça infinita (São Paulo: Companhia das Letras, 2014) é o nome do livro. Procure! É uma leitura exigente, mas vale a pena.*

conjunta do clube. A pessoa encurralada num prédio em chamas. A decisão de pular não vem de a queda ser atraente em si, mas da promessa de que, caindo, a absurda dor do fogo vai passar."

Ela ficou quieta. Ele sabia que precisava redirecionar o coração dela. Tentou uma abordagem que a tirasse daquela ruminação circular.

"Você tem muito o que viver. Você pode ser muito feliz em muitas situações."

Ela murmurou frustrada. "Eu sei disso, Cajuca. Mas minha felicidade não é a coisa mais importante do mundo, certo? Eu não sou o umbigo do mundo." Ele percebeu que o rumo que tomou não estava ajudando. Resolveu tatear para tentar entender qual havia sido o gatilho para aquilo tudo.

"O que causou a crise? Sei que sempre foi dolorido, mas parece que de repente ficou agudo..."

"Foi essa confusão do Graviday... Fico pensando se sou eu a responsável por essa confusão toda. Aviões caindo, tudo zoado para todo lado. Já faz semanas que esse rolo está aí. Será que eu, um dia, comi sushi estragado e meu mal-estar causou isso? Ninguém sabe mais o que pensar sobre o mundo, que parecia tão estável... Uma coisa é eu saber que causo danos lá longe na galáxia vizinha, outra coisa é suspeitar que talvez eu esteja exterminando gente inocente aqui no planeta."

Cajuca sabia muito bem, é claro, do Graviday. Era um fenômeno ainda bem recente. Do nada, ao menos para o entendimento humano, a gravidade no planeta Terra havia começado a variar levemente de um dia para o outro. Nada muito dramático, mas o bastante para fazer diferença em diversos aspectos da vida, como nos esportes, nas indústrias e nos transportes. Isso trouxe, no início, muita estranheza, e mesmo um medo generalizado. Aos poucos, entretanto, a humanidade foi se adaptando àquela condição peculiar e aquilo se tornou quase que esquecido. Inclusive Luche acabou virando notícia velha. Naqueles primeiros dias, contudo, ainda havia muita confusão. Cajuca já tinha pensado, sim, na possibilidade da situação da sua amiga estar de alguma forma conectada àquilo tudo.

Bem nesse momento o garçom trouxe a bebida do Cajuca e demorou para servi-la; ficou olhando sem jeito, como quem queria dizer algo. Mas não disse. Saiu.

"Entendo, Luche. No final das contas, imagino que nem tenha como a gente saber. Mas me fala de como você está se sentindo. Qual é o pensamento que domina a hora de dormir?"

"Quero saber como é depois. Quero saber se, depois daqui, a dor passa. Sei lá, se bobear o melhor é ir. Encontrar a Tintura de novo. Vovó Irene. Pôr um fim nessa agonia. Sendo bem sincera..."

O garçom voltou e a interrompeu. Finalmente ele tomara coragem para falar. Ignorou completamente a presença de Cajuca. Fitou-a intensamente e soltou:

"Eu queria dizer apenas que imagino o peso que você leva; queria dizer também que eu já vi a vida de um homem muito bom ser arruinada por pesos. Então, coragem. Tenho certeza de que muita gente é mais feliz por ter você por perto", ele falou num só fôlego.

"Obrigada, moço. Você é muito gentil."

Ele saiu rapidamente; ela ficou pensativa. Cajuca emendou:

"Seu fã está certo."

"Discurso fácil o dele. O que é o peso que esse tal homem bom leva consigo? Atropelou alguém dirigindo alcoolizado? Pesado, sim. Mas e eu, Cajuca? Eu aniquilo estrelas. Talvez civilizações..."

"A gente não sabe se existe vida nesses outros lugares, Luche."

"Não era você quem estava todo interessado em exoplanetas? Você mesmo acredita que existe, sim. Talvez eu seja procurada intergalacticamente por crimes contra a vida no universo. Sei lá, qualquer hora vem uma *big* duma nave espacial aqui e pulveriza o planeta só para me matar. Que maravilha! Luciana Chedid, louca por Pato Fu e *The Lumineers*, o fim da raça humana. A devoradora de mundos. Eu só queria aprender a ser *trader* e poder trabalhar de qualquer lugar. Morar onde eu quisesse. Com alguém que eu amasse de verdade. Só isso. Nada de mais. E você nem me ama e pode ir a qualquer lugar..." – saiu antes que ela conseguisse impedir.

O choro corria livre. Uma estrela da constelação Ursa Menor se apagou. Felizmente, nenhuma civilização foi afetada.

Cajuca sabia do amor dela. Sabia, sim. Decidiu, todavia, que era melhor deixar isso para outra conversa.

"Você está espiralando de novo, Luche. Calma. Vamos pensar em outros ângulos da sua situação. Espera. Está bem. Assumamos que você vem destruindo vidas aqui e ali. Se isso é verdade, então você também é causa de muita vida. São muitos os que não teriam experimentado a vida se não fosse você!"

Uma pequena fagulha bruxuleou em seu olhar.

"Como assim?"

"Quantos seres vivos pela galáxia afora vieram a existir por causa de estrelas que emanaram de seu rosto em flor? Talvez civilizações inteiras venham um dia a nascer por causa de uma estrela criada por uma gargalhada sua quando Joey Tribbiani tenta falar francês com a Phoebe."

Ela riu. E uma estrela surgiu num sistema que já tinha outras três, e isso causou um problema tão complexo, que não temos tempo – nem, admito, competência técnica – para lidar com ele.

Ela ficou pensativa por alguns minutos.

"Você andou pelo mundo, Cajuca. Eu mal passei de Santo André. O que você acha mais provável? O que significa isso? Por que fui escolhida para algo assim? Se é que fui escolhida. Sei lá. Às vezes Deus só errou de endereço e queria escolher alguém mais forte."

"Luche, eu sei lá. Talvez isso aconteça com todo mundo. Só que as estrelas que surgem estão muito longe e ninguém nunca nota."

"Péssima teoria", ela resmungou.

"Está bem. Outra, então. E se toda vez que eu, Cajuca Badaró, respiro, morre alguém na Ásia Central? Quiçá lá na Mongólia ou no Nepal. Cazaquistão. Todo dia morre muita gente em todo lugar. Quem disse que sabemos com precisão a causa da morte? Pode ser que saibamos do instrumento da morte, mas não da causa."

Ela ficou pensativa e disse: "De fato a gente sabe muito pouco sobre tudo."

O garçom estava por perto com jeito de quem queria falar de novo, mas foi espantado para longe por um olhar zangado do Cajuca.

"Mais cedo você ia falar algo, sendo sincera..."

"Ah, sim. Sendo sincera, minha questão é com Deus mesmo. Ou quem ocupa essa função aí no cosmos. Odeio ter sido a premiada. Odeio que eu não tenha uma vida ordinária. As pessoas querem fama, até terem. Eu tenho infâmia, o que é muito pior. Você tem algo a dizer em defesa dele?"

"Em defesa de Deus? Bem, acho que não. Nem sei se tem como defender mesmo.

Alguém precisa defender o Mike Tyson? Acho que ele se basta e se garante. Não sei direito por que ele faria isso contigo. Mas não sei direito a maioria das coisas que vejo pelo mundo afora", disse candidamente, enquanto limpava um pouco do café que ela derramara sem perceber.

"Cajuca... Melhora? Pois eu acho que o pior é isso. Deixa eu explicar."

Ela se ajeitou na cadeira. A perna esquerda estava dormente pela posição. Deu um longo gole na bebida quentinha, antes de continuar. Era bom ter a atenção do Cajuca. Mesmo ali num dos piores momentos da sua vida, aquele homem brilhava como uma estrela polar no céu escuro de seu desespero – e uma que seu choro não podia apagar.

"Não é apenas que tudo isso dói. Mas a perspectiva de não parar nunca de doer é de matar. É enlouquecedora. Incapacitante mesmo. Tem dias em que sequer funciono, ruminando tudo isso obsessivamente. Em toda parte há gatilhos para me lembrar da situação. A ideia de que vou passar mais sei lá quantos anos nesta terra maldita sofrendo e fazendo sofrer... Então, a pergunta que queria que você tentasse me responder é esta: Melhora?"

Ele juntou toda seriedade e concentração em seu olhar, para responder com a convicção que tinha adicionada à que desejava ter.

"Sim. A dor melhora. Você vai lembrar dela aqui e ali. Mas melhora. Sei que já foram alguns anos. Sei que, quando parece que a coisa acalma, algo surge no horizonte e faz voltar tudo em cascata. De qualquer jeito, melhora. Você vai ficar mais equipada para lidar com tudo. A própria dor está te moldando."

"Como você pode ter certeza?"

"Eu já vi acontecer muitas vezes. Comigo mesmo. Com gente que amo. Vou te contar uma história da Somália."

"Quem mais tem amigos com histórias da Somália para contar?", ela disse, risonha.

"Eu vivia com uns amigos da pirataria. Uma casa muito simples, uns barcos destroçados, uma cachorrada sem fim e muita pobreza. A mãe de um deles desaprovava totalmente o ramo empregatício do filho. O nome dela era Barkhado, que significa raio de sol."

"Que lindo. Fala de novo o nome."

Ele sorriu. Orgulhava-se de ter aprendido bem a pronúncia.

"Barkhado. Um dia, ela estava particularmente brava com os filhos Xirsi e Warsame – e, por tabela, com o Cajuquinha aqui. A gente se meteu num rolo: o pessoal estava armando de sair para o mar de novo e tentar roubar um cargueiro, ou quem sabe até um iate. Os meninos tinham ido à mesquita para as orações diárias. Eu não ia, claro, e eles respeitavam. Eu tampouco ajudava na pirataria, que fique claro. Tentava ajudar a pensarem em vidas diferentes daquilo."

"Naquele dia, a mãe deles foi atropelada. Ela estava levando uma refeição para uma vizinha que tinha dado à luz a gêmeos naquela semana. Barkhado ficou estendida na poeira. Demorou para alguém se importar. Se tivesse pronto atendimento, provavelmente teria sobrevivido. O carro que a tinha atropelado era de um dos líderes do bando de piratas. Ele a deixou sangrando na calçada; quem viu o que tinha acontecido achou melhor evitar se envolver. Xirsi só soube disso depois que aquele raio de sol se apagou. Fica pior. Xirsi sabia que aquele carro só estava passando por aquela parte da cidade porque ele tinha sugerido que fossem até as docas para pressionar um pescador a se juntar a eles. Eles foram lá para humilhar um pai de família e tentar forçá-lo a deixar seu emprego honesto e se juntar à pirataria. Ele sabia que era diretamente responsável pelo atropelamento e pela morte da mãe. Aquilo o assombrou, é claro. Xirsi saiu do ramo da pirataria e resolveu emigrar com seu irmão. Era dor demais ficar ali onde sua mãe os criara e, por causa dele, morrera. Largaram aquela vida. Foram ilegalmente até os Emirados Árabes, a fim de tentar a sorte na construção civil em Dubai. Perdi o contato com eles, até que recebi uma mensagem meio estranha uns dois meses atrás. Era do Xirsi, num inglês muito quebrado. Ele disse algo bem simples e que me fez pensar: *A nuvem ainda estava no céu, mas agora ela já não tapava mais tudo. Fazia sombra ainda, mas raios de sol iluminavam seu rosto de um jeito bom, apesar de tudo.*"

"Meu Deus..."

"Então, não. Não para de ser difícil. Mas a dor, em vez de nublar o céu todinho, diminui; fica uma nuvem ali pairando no céu do coração. Ainda está ali. Mas diminui. Vai doer menos, vai sim. Ficar no ciclo sem fim de repensar ocasiões, rever conversas mentalmente, acariciar lembranças e deixar a imaginação correr é, no fundo, um jeito de autopunição. Ou melhor, pode ser. Seja o que for, não ajuda. Se Deus mesmo te fez assim, não foi para que você viva obcecada por montar esse quebra-cabeça e entender tudo."

A conversa foi avançando e suas frustrações todas vindo à tona. Ela foi chorando na conversa, e mundos inteiros encerrando sua participação na história universal.

Era uma situação dificílima. Em alguns momentos, Cajuca se via sem saber o que dizer. Parecia avançar, mas logo ela regressava a um lugar sem estrelas, bastante escuro.

"Mal vejo a hora de parar de chorar. Talvez eu mesma deva resolver isso. Há certo alívio em desistir."

"Sei que há. Já senti também, lembra? Eu cheguei mais longe do que você soube à época."

"Mesmo? Eu achava que tinha sido meio blefe."

Silêncio. Cajuca com um sorriso constrangido. Escolheram uma sobremesa. Ela quis uma empanada doce, ele se contentou com um alfajor. O garçom os deixou em paz, mas vigiando o tempo todo. O doce proveu um alívio à tensão da conversa.

"Esse garçom com certeza está interessado, viu? E está com ciúme de mim. Deve achar que sou seu namorado."

"Eu nem vou comentar. Mas ele é bonitinho, sim" – ela disse, com esperança de causar algum impacto em Cajuca.

Ele terminou o alfajor. Ficou com umas casquinhas na barba. Ela não falou nada sobre as casquinhas naquela barba adorável. Ele teve uma ideia.

"Lembra de *Céu de Santo Amaro*, Luche?"

"Sim. Linda canção. O que tem?"

Cajuca começou a cantar com sua voz de tenor. Mais alto do que deixava Luche confortável, mas... E daí?

"Olho para o céu
Tantas estrelas dizendo da imensidão
Do universo em nós
A força desse amor
Nos invadiu...
Com ela veio a paz, toda beleza de sentir
Que para sempre uma estrela vai dizer
Simplesmente amo você..."

"Eu conheço a letra, Cajuca. Eu conheço as letras de tudo que é canção que fala de estrelas. A droga da canção do Gil; *Céu de Santo Amaro*; *Brilha, brilha, estrelinha*; *Estrelas*, do Oswaldo; *Yellow*, do Coldplay; *Não há de ser nada*, do Teatro Mágico; *Stardust*, do Cole; *Starman*, do Bowie..."

"Então, calma. Me escuta, moça. Ele segurou forte a mão dela. A música fala de uma estrela dizer que nos ama, certo?"

"Certo, uma bola de gás em fusão nuclear nos ama."

"Sim. O ponto agora. De quem é essa música?"

"Caetano e Venturini."

"A letra, mas e a música?"

"Não é deles?"

"Não, essa letra foi colocada séculos depois de a música ser escrita por Bach."

"Aquele?"

"Aquele. Então. Por anos ficou assim, só uma melodia gloriosamente bela feita por aquele alemão de mil setecentos e pedrada. E já era especial. Então ficou ainda mais especial quando foi construída uma letra sobre aquela melodia. O que estou dizendo, Luche, é que sei lá o que vai ser feito com o que você está causando. Sei lá quem vai pegar isso tudo e quem sabe extrair beleza que hoje a gente não imagina e, mais, vamos morrer sem imaginar."

Ele recuperou o fôlego. Com os olhos cheios de brilho úmido, continuou:

"Então, eu não acredito que o universo nos ame. Que estrelas nos amem..."

"Você está lembrado de que veio aqui para me confortar, não está?" Ela o interrompeu e sorriu em meio a lágrimas. Uma estrela se apagou e outra surgiu em seu lugar.

Ele sorriu e seguiu:

"Mas alguém nos ama através da existência delas. E de tudo mais."

Sua voz tomou uma qualidade de quase encantamento, na mistura de doçura e firmeza de quem achou finalmente o que precisava dizer.

"Eu creio que quem fez as estrelas nos ama, Luche. Sei que você não leva muito a sério a Bíblia. Sei que tem muita coisa lá que parece meio fantasiosa. Sou tentado a deixar esse livro de lado, às vezes. Confesso que creio, mas isso em meio a duvidar. Mas sei também que, como você percebe bem, coisas estranhas acontecem. Por vezes, ao lidar com toda a dor do mundo – a sua, por exemplo –, meio que sou puxado rumo à descrença, a jogar tudo para o alto e a achar uma dinamarquesa bonita."

Percebeu a mancada e seguiu rapidamente.[25]

"E por vezes, quando estou numa fase meio cética, sou tentado a crer, se é que faz sentido. Nem tanto por ter provas racionais ou evidências livres de suspeita, mas porque tudo parece fazer mais sentido assim. Inclusive as coisas que não fazem muito sentido. Principalmente essas. Acho que ele existir

---

25 *Até caras sensíveis como o Cajuca dão suas mancadas insensíveis.*

ajuda a explicar as coisas que fogem da nossa capacidade mental de fazer sentido."

"Não é isso que a humanidade sempre fez? Quando não tem explicação, mete Deus na história?"

Ele pensou e respondeu serenamente: "Sim, mas não é disso que estou falando. Estou falando do deslumbramento que vem aqui no peito, não das coisas estranhas em si. Não de trovão, meramente. Mas do fato de que trovões dançando no oceano escuro me fazem sentir impressionado e quase sem fôlego. Não de gente machucada e sofrida. Mas da realidade de que gente sofrida e arrebentada continua, ainda assim, sendo impressionante de se ver. De que gente que leva pesos imensos ainda assim é capaz de gentilezas e até mesmo heroísmo. O livro explica como isso é possível. Tenho visto coisas estranhas e algumas tão afiadamente belas que me fazem lembrar do livro. E, se tem mesmo um Deus criador, a gente é que precisa ajustar nossas expectativas do que pode ou não acontecer. A gente mal chegou a este mundo e acha que pode dizer como as coisas devem ou deveriam ser. Nem a porcaria da gravidade é estável. Tem dias em que me sinto como uma criança querendo entender coisas de adulto. E me faz pensar que tem alguém mais sábio que entende tudo."

"Entendo. Eu sei que nunca vou conseguir abraçar tudo o que está envolvido nisso que acontece comigo. Mas acho que estou pegando o que você está dizendo. Não é só comigo. Ninguém consegue ter mesmo a medida de sua própria vida. Todo mundo vive em um estado de desencantamento, de desilusão, de desânimo."

Ele gostou do que ouviu. Reforçou o que ela disse: "Isso, Luche. Uma sensação de que o mundo perdeu algo. Vejo isso nos piratas, mesmo quando conseguem o que querem.

Vi isso em meus colegas de faculdade, nos bibliotecários de Coimbra, nos turistas em Dunquerque. Mas de vez em quando algo quebra o desencantamento. Vejo isso também nos mesmos lugares. Quando um turista pega um vislumbre de algo maior do que ele naquela praia onde tantos lutaram. Quando um pirata se alegra em poder comprar uma bola pro seu filho, ainda que envergonhado. Quando uma amiga escreve e coloca a vida em minha mão. Sim, o mundo parece viver num estado de desencantamento melancólico, mas que é quebrado o tempo todo por coisas que mexem aqui dentro."

Ela sorriu. Meneava a cabeça concordando.

"Um avanço", pensou ele. Mas logo outro regresso. Ela voltou a chorar.

Luciana explicou a Cajuca que ela se esforçava em ser alegre. Mas com cada alegria vinha ao menos uma microtristeza. Ao se lembrar de uma manhã na praia em Vila Velha, a doçura era tingida pela saudade do pai, que lhe comprava tatuagens de henna, tererês e qualquer outro badulaque que ela pedisse. Ele falecera quando ela tinha 15 anos. Ao pensar na alegria de seus tempos de escola, a memória de um *bullying* lhe envenenava o coração. E assim seguia. Ela sabia que tinha de controlar o choro e estava de fato muito boa em evitá-lo, mas, naquela conversa, a frustração se derramou em lágrimas sobre os guardanapos ilustrados com cenas da arquitetura portenha.

"É isso mesmo, Cajuca? Nossas ações resultam em coisas no céu? Ou são as coisas no céu que resultam em mudanças na terra? Se nossas vidas são esse misto inconcluso de alegria e tristeza, se a gente, no final das contas, faz tanto mal e tanto bem, que direito temos de seguir vivendo? Eu acho que seria melhor eu sair de cena. Eu é que estou destoando e bagunçando tudo. Não tenho direito de viver. Um ser como eu não deveria existir. Sou um erro de Deus."

"Não é tanto direito de existir. Diria que é mais uma obrigação grata."

"Explica."

"Veja, todos nós temos, em algum nível, poder de vida e morte sobre outros."

"Nem se compara. Eu posso matar pessoas porque o Palmeiras perdeu nos pênaltis e eu fiquei triste. Olha... acontece muito, viu?"

"Verdade, mas é uma questão de princípio; é algo quantitativo, e não qualitativo. Todos nós temos responsabilidade em relação às capacidades que foram colocadas em nossas mãos, por mais que a gente não as queira ou ache que o peso delas não é justo. Eu, por exemplo – e falo apenas para você ver como as coisas podem ser, e com grande senso de inadequação –, me vejo neste minuto como meio que o único ser humano que sabe o caminho do seu coração e que consegue de fato te acalmar. E você está me falando sobre querer morrer. Então, justa ou injustamente, aqui estou com o peso de usar o que tenho, e usar bem, para evitar que você morra."

"Vai saber o que aconteceria com o Sistema Solar se eu morresse, não é mesmo?"

"Larga de ser tonta. Sua morte seria uma tragédia, pois seria uma morte. Não pelos possíveis efeitos cósmicos. Esse é o peso que você sente e esse é o peso que a gente compartilha. Mas não somos só nós, não. Todos vivemos neste mundo com pesos por causa do que nos foi confiado. Dons, poderes, talentos ou seja o que for que temos nas mãos vão, sim, causar coisas boas e ruins. É meio que desacato simplesmente se negar a reconhecê-los."

Ela ficou em silêncio, emburrada. Sentia que a resolução de pôr um fim à vida enfraquecia, e isso a irritava. Odiava o momento em que percebia que estava começando a ser convencida. Ficou brincando com a xícara, jogando o fundinho de café de um lado para o outro.

Ele sabia que era hora de arrancar uma promessa dela.

"E como vai ser, Luche?"

"Acho que seguirei vivendo e vou mesmo evitar sentir. Talvez eu tenha aí uns 50 anos pela frente, um pouco mais, ou menos. Vou assim e, quando não tiver mais jeito, eu morro, e então o resto do mundo vê o que vai acontecer. Vocês continuam sem mim. E vou evitando sentir emoções."

"Será que não sentir é a resposta? Assim como é contigo, quantas outras coisas misteriosas e profundas acontecem e a gente nem faz ideia? Lu, você acha que isso é algo seu? Um poder seu? Você é humana como todo mundo. Do jeito que vejo, se Deus é que está no comando do universo, foi ele quem pôs isso nas suas mãos. Minha sugestão, tão simples como óbvia: vai vivendo. E confia que o plano desse ser cósmico envolve criar e destruir por meio de seus sorrisos e de suas lágrimas. Não é seu o peso. No final das contas, é de quem te colocou nessa posição. É ele fazendo música e guiando as coisas do jeito dele."

"Eu componho a melodia e ele põe a letra?"

"Mais complicado que isso. Ele compõe a melodia. Nós somos as notas. Algumas criam mais ou criam menos tensão e resolução. Outras não se destacam muito, mas são parte da música. E um dia vem a palavra para amarrar tudo. Sim, você é parte disso. Maior do que meros humanos costumam ser, mas acho que de vez em quando ele faz desse jeito."

Luciana sorriu. Uma pequena estrela surgiu a 2 milhões de anos-luz. Era bom saber que, embora fosse, sim, responsável por ser cuidadosa e atenta para com o que era capaz de fazer, não precisava achar que o universo estava em suas mãos. Ela esperava que Cajuca estivesse certo e que o poder que ela tinha de fato fosse algo dado por alguém que soubesse o que estava fazendo. Sentia o peso, sentia a responsabilidade, mas adoçados com alívio. Cajuca fez da conversa um alfajor para ela. Quebrou sua casquinha e veio doce. Decidiu continuar, ao menos por ora.

Ele percebeu o momento e disse mais:

"Um dia chega a hora de enfim parar de chorar. Eu não sei. Mas ando lendo no bom livro o que ele fala sobre isso. Se o que ele diz for verdade, no mundo novo só vai ter jeito é de sorrir."

Ela chora sorrindo.

"Tomara. Não aguento mais o peso desse dom, ou poder, ou sei lá o quê."

"Nenhum de nós aguenta, Luche. Mas não é nossa escolha. A gente precisa só tentar dormir a cada dia. As estrelas não têm como nos amar. E acho que não te amariam muito se soubessem do que você é capaz. Mas o que sei é o seguinte: este universo, para mim, está cada vez mais dando sinais de estar quebrado, que nem uma casa velha que começa a dar problema. Liga o chuveiro e cai a chave. Abre a torneira e vaza no andar de baixo. Talvez seja isso. O mundo quebrado esperando a renovação. Segue no lugar, mas meio que colado a cuspe. E você é parte do plano de quem manda. De alguma forma. Ele vai pôr letra na melodia que você cria com suas emoções. E você vai ser uma nota que arrebenta a boca do balão na música que ele faz. Espera só para ver."

"É desacato não aquiescer."

"Isso. Buscar andar bem, vivendo como gente. E confiando que aquilo que está fora do nosso controle está no controle do maestro."

"E isso até quando?"

"Bem, se aquilo em que acredito está certo, até que ele mesmo nos apague. Vai ser, enfim, a hora de parar de chorar."

"E depois?"

Ele saboreou o momento.

"Depois é que vem a melhor parte. Ele faz tudo ser novo. Até as estrelas que apagaram e os seres vivos que se foram."

"Você acredita nisso?

"Sim. Acredito que esta casa em ruínas vai ser reparada. Acho que você é parte tanto da equipe de demolição como da de renovação."

"Por que eu?"

"Por que não?"

"Não tenho nada de especial!"

"Esse é o ponto, Luche. Nenhum de nós tem. A gente vive, morre, entende bem pouco do que se passa e vai dormir. Alguns pintam, outros constroem prédios incríveis em Dubai, outros criam drinques, uns partem corações e outros têm corações partidos, uns viram guias turísticos no Canal da Mancha, alguns andam em bando no interior da Paraíba fazendo o bem, que nem meu pai, outros mal saem de casa, alguns criam cachorro mágico, outros criam peixe, uns criam e destroem estrelas, outros são geniais em *Mario Kart*. E a gente vai indo e confiando que alguém está encarregado da reforma deste universo que está em frangalhos."

"E as estrelas? Como elas se encaixam nessa teoria bonita sua?"

"Eu ouvi um homem falar certa vez que elas são tanto o enfeite como a promessa."

"Acho que vou gostar..."

"O enfeite: Deus as utiliza para enfeitar o cenário de seu amor por nós. E a promessa é que, uma vez que ele terminar de refazer esta casa, seremos livres para explorar o que tem por aí."

Ela sorriu. Apaixonadinha por Cajuca e muito apaixonada pela ideia que ele trouxe.

"Está bem, Cajuca. Vamos andando, então. Eu aceito seguir. A temperatura baixou. Não é hoje que entrarei em Supernova. Obrigada. Vir da Inglaterra até aqui... Vai ser a vida inteira para agradecer."

Fez gesto para o garçom trazer a conta. Ele trouxe e chegou bem a tempo de ouvir o Cajuca dizendo:

"Te amo, Luche. Eu sei que não do jeito que você queria que eu amasse. Não precisa ter vergonha, eu entendo. Mas te amo com um amor amigo que não envolve paixão. Isso é bem mais duradouro. Bem, acho que você vai ter de pagar; eu não tenho reais. Um dia compenso. Você vai me visitar na Inglaterra e te pago uma Guinness.[26] Agora

---

26 *Ele nem percebeu a mancada que deu. Ela não podia sair do Brasil, lembra?*

vamos. Chega de chorar. Bastam a cada dia as suas lágrimas."

Ela pagou a conta. O garçom ficou olhando com impotência enciumada, mas levemente esperançoso a respeito do que ouviu. Saíram rumo à noite paulistana, onde mal se viam estrelas. Ela olhou para Cajuca e sorriu. Como já se sabe, surgiu uma estrela. Mas o brilho mais impressionante não foi lá a milhares de anos-luz. Foi ali. O olhar do Cajuca. Um rosto satisfeito por simplesmente ter ajudado brilhava com a leveza de quem se sentiu útil.

Segurou a mão dela. Parou-a na rua, em frente a um botequim de onde emanavam sons de uma partida acalorada de dominó.

"Você é Luciana, a criadora de estrelas. Se Deus quiser você fora do mundo, ele vai lhe tirar. Não é sua escolha. Confia nisso. Viva bem, morra quando ele quiser. Seu papel nessa grande história é muito mais confuso e impressionante do que o de praticamente todo mundo. Eu sei que é pesado. Sei que dá vontade de sentar e largar tudo. Não. Não largue. Seu brilho carregando esse peso é maior do que qualquer coisa que surja lá no cenário. Aliás, acho que esse é o melhor jeito de pensar. Deus te escolheu para ajudar a iluminar o cenário de seu amor e sua história. É uma honra que você não pediu para ter, mas não há opção. Tem que honrar o que recebeu. Tenta se alegrar nisso, mesmo doendo pra caramba. Promete que vai seguir? Aceita seguir casada com esta vida até que dela a morte pelas mãos de Deus te separe?"

Suas lágrimas escorreram livremente. Ele as enxugou. Luciana se abriu em sorriso. Uma estrela bem lindinha surgiu, lá para o lado de Antares. Minúscula em comparação ao gigante vermelho, mas serena em ter seu papel. Não era esse exatamente o convite que ela queria ouvir dos lábios do Cajuca. Mas ela soube que, sem dúvida, ali estava dando uma resposta permanente. Um pacto com a vida, e meio que também com Deus. Ao menos o começo de algo assim. Seguir. Até a hora de parar de chorar. Ergueu os olhos e respondeu:

"Sim. Diante de Deus, aceito."

AGRADECIMENTOS

Agradeço aos muitos apoiadores que tive ao longo do projeto. Agradeço aos leitores que sempre me encorajaram e desafiaram.

Agradeço a toda a equipe da Pilgrim e da Thomas Nelson Brasil: Leo Santiago, Samuel Coto, Guilherme Cordeiro, Guilherme Lorenzetti, Tércio Garofalo e muitos mais. À Ana Paula Nunes, que me deu a ideia de lançar um ano de histórias. Ao Anderson Junqueira pelo belíssimo projeto gráfico. À Ana Miriã Nunes pelas capas e ilustrações maravilhosas. Ao Leonardo Galdino, à Eliana e à Sara pelas revisões. À Anelise e Débora que por seu constante apoio fazem tudo ser mais fácil.

Aos presbíteros e pastores da Igreja Presbiteriana Semear, por me apoiarem neste projeto.

Sempre há mais gente a agradecer do que a mente se lembra. Sempre um exercício prazeroso bem como doloroso.

A Daniel e Rafael Heringer Gomes, primos amados que brilham em meu coração. Grato pela ajuda astronômica. Qualquer bobagem que eu tenha dito é apenas culpa minha.

SOBRE O AUTOR

EMILIO GAROFALO NETO é pastor da Igreja Presbiteriana Semear, em Brasília (DF), e autor de *Isto é filtro solar: Eclesiastes e a vida debaixo do Sol* (Monergismo), *Redenção nos campos do Senhor: as boas-novas em Rute* (Monergismo), *Ester na casa da Pérsia: e a vida cristã no exílio secular* (Fiel), *Futebol é bom para o cristão: vestindo a camisa em honra a Deus* (Monergismo), além de numerosos artigos na área de teologia.

Emilio também é professor do Seminário Presbiteriano de Brasília e professor visitante em diversas instituições. Ele completou seu PhD no Reformed Theological Seminary, em Jackson (EUA), e também é mestre em teologia pelo Greenville Presbyterian Theological Seminary e graduado em Comunicação Social/Jornalismo pela Universidade de Brasília.

Emilio ama muito olhar as estrelas.

OUÇA A SÉRIE *UM ANO DE HISTÓRIAS* NARRADA PELO PRÓPRIO AUTOR!

Na Pilgrim você encontra a série *Um ano de histórias* e mais de 7.000 **audiobooks**, **e-books**, **cursos**, **palestras**, **resumos** e **artigos** que vão equipar você na sua jornada cristã.

Comece aqui

Copyright © Emilio Garofalo Neto.
Os pontos de vista dessa obra são de responsabilidade
dos autores e colaboradores diretos, não refletindo
necessariamente a posição da Pilgrim Serviços e
Aplicações ou de sua equipe editorial.

Revisão
Leonardo Galdino
Eliana Moura Mattos
Sara Faustino Moura

Capa e ilustrações
Ana Miriã Nunes

Diagramação e projeto gráfico
Anderson Junqueira

Edição
Guilherme Lorenzetti
Guilherme Cordeiro Pires

Dados Internacionais de Catalogação na Publicação (CIP)

G223h	Garofalo Neto, Emilio
1.ed.	A hora de parar de chorar / Emilio Garofalo Neto.
	– 1.ed. – Rio de Janeiro : Thomas Nelson Brasil :
	The Pilgrim : São Paulo, 2021.
	112 p.; il.; 11 x 15 cm.
	ISBN : 978-65-5689-426-3
	1. Cristianismo. 2. Contos brasileiros.
	3. Ficção brasileira. 4. Teologia cristã. 5. Vida cristã.
10-2021/85	CDD B869.3

Índice para catálogo sistemático:
Ficção cristã : Literatura brasileira B869.3
Bibliotecária responsável: Aline Graziele Benitez CRB-1/3129

Todos os direitos reservados a
Pilgrim Serviços e Aplicações LTDA.
Alameda Santos, 1000, Andar 10, Sala 102-A
São Paulo — SP — CEP: 01418-100
www.thepilgrim.com.br

Este livro foi impresso
pela Ipsis, em 2021, para a
HarperCollins Brasil.
O papel do miolo é pólen
bold 90g/m² e o da capa é
cartão 250g/m²